遠い春

起ハ春

装画＝宮崎進「檻」
（周南市美術博物館蔵）
扉字＝江川文子

遠い春

齋藤貢

思潮社

目次

遠い春

I

遠い春

ひとの声が届かぬところに
そっと、火をつけて。
だれにも気づかれぬように
災いや恐怖を、そこに置き去りにしたままで。

春は、一目散に逃げていった。

取り返しのつかないあやまちをたくさん残して。

汚れたあしうらを
どれほど洗い落としても
土地の痛みは消えないだろう。

みちのくの
小さな声が、見えない春に問いかけている。
火をつけたのは、だれか。
恐ろしい災いを置いていったのはだれか、と。

あの日から、
ひとはうなだれて、肩を落として歩いている。
苦しいなぁと、こころのなかでつぶやいている。

奥歯をかみしめて
必ずまたここに戻ってくるからね、と

ひとは、何度も同じことばを口に出しては
それでもまだ、迷っている。
春は戻って来るのかしら、ね。
みちのくは、花冷えの遠い春だ。

反辞《かえし》

東日本大震災と原発事故によって、ふくしまは、放射線に苦しめられました。そして、ひとの分断にも。強制的に避難を余儀なくされたひと。自主避難せざるを得なかったひと。避難したくても避難できなかったひと。それぞれが孤独な戦いを強いられました。それはまだ終わりません。「帰還困難区域」が残されていて。ふるさとに戻れないひともたくさんいて。

むねの川

むねの川から
不平や不満を瀧のように落としても
こころは少しも軽くならない。

どんなに激しく洗っても
血の滲んだ
あしうらの痛みは消えない。

堰きとめられて

鳴り続ける警報は
もはや、手遅れで
誰にも届かないことばが
水嵩を増した川のおもてで
小魚のようにしきりに跳ねている。

たとえば、掬う網や伸ばす手が
もしも、ここにあったならば、とか
万が一にも、とか
もしかして、とか
ありえないことばにしがみつくのは
やめにしよう。

戻らねばならぬと
背中を押してくれるひとの

温かい手に触れて
いつのまにかこころが満たされてしまう愚かさや
後ろめたさに
耕す手をとめて
思わず、小首をかしげても
むこう岸では
年老いた父母が
小さな背なかを丸く縮めて
かじかむ手足を、冬の川に浸している。

逡巡する川の背筋をまっすぐにただして
きっぱりと否定することば、と。
拭えない汚辱を
どうしてもあきらめきれないこころ、と。
この二つの切なさが

鋭利な刃先で
裂けた傷口を抉っている。

痛ましさに
いまは
歯ぎしりをして
ただ、みているしか術がない、なんて。

むこう岸では
いまも、とめどなく悔いが
鉤針のように、はげしく空を引っ掻いて
あらがっている。
あの日のように
むねの川を小刻みにふるわせて。

反辞

地震と津波と放射線と。それは、突然に襲ってきた暴力そのものでした。その場に蹲《うずくま》って震えながら膝を抱えているだけのわたしたちでした。

あなた

またね、と
改札口で片手を挙げて別れたまま
あの日、戻らなかったひと。

汽笛が鳴りやまぬ彼岸の
踏切の遮断機は降りたままで
深い夏草の向こうに
後ろ姿のあなたが立っている。

わたしは
しきりに手を振ってみせるが
虚空に向かって広げられた手のひらの
五本の
あなたの指が
あやまちを決して許してはならぬ、と
訴えている。

襤褸切れの衣服で
鷲のように振り向くあなたの
潰れてしまった眼球。
こめかみから顎にかけての
幾筋もの深い裂傷。

あの日から

振りあげた拳がおろせない。

七年余りの歳月には
取り戻すことのできない
たくさんの思い出が
十字架のように突き刺さっていて
ひとは
身もだえしながら
いまも、はだかで
痛みに晒され続けている。

いのちが
磔にされるとき
ひとは、どれほど苦しいのか。
こころとからだは

どのように、引き裂かれてしまうのか。
ふるさとは
原子炉のように
溶け落ち、張り裂けてしまうのか。

どうしてもあなたの声が聞きたくて
沖に出て
青い舟べりを叩けば
遠くて近いところに
あなたはいて
わたしをじっと見つめている。

あなたを囲んで
空も海も
木枯らしのように天を叩いている。

反辞

津波で家を流された家族が毛布に身を包みながら涙を拭っています。自衛隊のヘリコプターによって海岸の高台から救出されてきた少女が、襲ってきた津波の恐怖を語り始めました。消防団の父親が行方不明だと涙声です。

ふくしまに会いにいきます

けっして
手を触れてはいけなかった
危険なふくらみの突端に
欲望の手がのびて
わたしたちは
おおきなあやまちを犯しました。

喉の渇きをうるおすたびに
いまでも

あふれ出てくる水があって
誘惑をいくら遠ざけても
汚れた水で
気づかないうちに
からだがむしばまれています。

むねには、無数の
ぬけない棘がささっていて
放射線の、こんなに高いところが
ほら、ここにも。
そこにも。

それなのに
この痛みですら
あがなわれるほどの愉楽が欲しいと

あなたは、また言うのですか。

それならば、もう一度
うめきながら暴れる龍のすがたで
見えない恐怖をまきちらして
あの日が戻ってくるでしょう。

ひとが苦しみながら壊れていく
おおきなあやまちに
遠くから、そっと
手を差しのべてくれるひとはいても
そこから先は
ひとの入ってはいけないところ。

汚染土が運ばれていく先には

キンモクセイの甘い香りも漂っていて
墓参りにも行かなければ――。

あした
あぶくまの山の端の
沈む夕陽に会いにいきます。

死んだ祖父母や伯父叔母が
首を長くして待っているので
ふくしまに会いにいきます。

反辞

奪われた時間を取り戻す。奪われた土地を耕す。それがたとえ呪われた土地であっても、わたしたちは種子を撒き、稲穂を刈り取るだろう。ひとの住めぬ土地にも陽は昇り陽は沈む。龍の背のように横たわる阿武隈の山脈《やまなみ》に、流浪のスサノオよ、龍の口にくわえられたひかりの玉を取り戻せ。無数に砕けて火球のように里山や家々に転がり落ちてきた災いの火の玉を拾い集めよ。罪深き火をことごとく葬り去れば、産土《うぶすな》にひかりは宿るだろう。あかあかと夕焼けは燃えよ。阿武隈に沈む日輪を背にして、まもなくたくさんの鳥船が帰ってくる。天の磐樟船《いわくすぶね》が戻ってくる。海や野に散った無数の痛ましき死者を乗せて。スサノオよ、ひかりの玉を拾い集めて食《は》め。食めば、暴れる龍の火玉は、安らかな死者の魂となるだろう。代々の墓石は雑草の茂みにまだ埋もれていても、波に洗われた海辺の集落に帰ろう。紅梅の花咲くあの里山へ帰ろう。たとえ放射線の恐怖が至るところにあふれていようとも。

苦い水の流れる、川のほとり

池の水をかきまぜて
この地に満ちている苦しみを
てのひらに掬えば
なんと苦い水であろうか。
この苦い水で、ひとは喉の渇きを癒やすのだ。

東スラヴのことばでニガヨモギを意味する
チェルノブイリでは
一九八六年のあの日、荒い息で

苦い水を飲みほした消防士のあしうらが
たちまちニガヨモギの絹毛のように白くなって
耐えられない痛みだけが
その土地に、悲しい刻印のように残された。

それから二十五年後のふくしまでは
ヘクソカズラやツルウメモドキの藪で
花や鳥を追いながら
子どもたちがいっせいに姿を消した。
野原や畑、町や通りから
大人たちまで、ひとり残らず。

ところが、近頃は
蔓草や灌木の繁茂する無人の集落に
消えたひとが、時々、亡霊のように戻って来る。

受け入れがたいほど
苦い水を飲みほした男たちに
慎ましい夕餉の膳も静かに運ばれてきて――。

ひとや暮らしが戻らないのに
この苦い水を
いつまで、ひとは飲み続けるのか。

戻らぬ日々を、声を限りに呼び返してみても
楽園から遙かに遠い
ここは苦い水の流れる、川のほとり。

反辞

決して起きてはならない厄災でした。事故を起こした原発から北へ約十四キロ。地震と津波と原発事故の三重苦を強いられて、苦い水を飲みました。不安にうずくまり震えながら、苦い水を飲みました。ひとがどれほど無力なものか、痛感させられました。

からだ

見えない不安や拭えない恐怖が。
気づいたらこんなにも。

からだをつらぬく痛みには
もう、耐えられない。

とりかえしのつかない
からだになって。

ああ、こんなに汚れたからだに
なってしまって。

あの日から
「被災地」と呼ばれて。

それから
「警戒区域」とか、「帰還困難区域」とか
強制的に名づけられて。
でも、大丈夫。わかっている。
取り返す。必ず、取り戻す。

そして
昔のきれいなからだにもどしてもらう。

そのためには
からだの皮ふをうすく削りとって。

（痛いだろう、ね）

たとえ痛くても
こびりついた汚れをすべて剝ぎとって。
不安や恐怖も拭いとって。

（フレコンバックに密閉して）

いますぐにでも
もとのからだにもどしてもらいたい。

同心円のうちとそとに
ひとは分けられて。

放射線被曝の
閾値も境界線もあいまいなまま
ひとは隔てられて。

からだは地上で磔にされている。

お願いだから
そんなに悲しい目で見ないで。

汚れたからだを
どうか哀れまないで。

わたしを
遠巻きにして眺めながら
汚れたからだに
近づいてはならないぞッ、だなんて。
触れてはならないぞッ、だなんて。

ふざけるな。

わたしたちに
汚れの後始末までさせて
それでおしまいにしよう、なんて。

恥ずかしいと
きみは思わないのか。

反辞

いいか。
おれのはだかを見るな。
じろじろと見るな。
おれをこんなに汚したのは
いったい
誰だ。

鬼の背中

鬼になったので
目を閉じて、十まで数えようとしたら
背中のあたりで
もういいかい、と
二本のつののように大きな声がした。
鬼は、ぼくなのに
いっしょにいた
つとむ君も、さっちゃんも
はやく逃げないとつかまっちゃうよ、と

かくれるのをやめて
小さな肩を揺らしながら
かまきりのように走っていく。

ジャングルジムから
校舎のほうをふり返ると
ともだちも、せんせいも
外に出て鰯のようにせいれつを始めている。
もう、大丈夫よ。
心配ないからね、と
薄いまゆを曇らせながら
せんせいは
呼子笛《ホイッスル》のようにみんなの名前を点呼している。

鬼よりも、ずっと恐ろしいものが

すぐに襲ってくる。

鬼のぼくも、ひがいにあわないように
逃げなければならない。
大事ないのちをとられないために。

みんなで走った。
黙って、歯を食いしばって。
なんかいも転びそうになったけれども
ぐっとこらえた。
鬼だから。
もっと恐ろしいものに
いのちをとられてはならないから。

高台にある神社の境内で

からだを丸めて
かぼちゃのように身を寄せ合った。
疲れ果てて
誰も、おしゃべりをしなかった。
阿武隈の夕焼けは
ぼくの背中をやさしくなでてくれた。

反辞

鬼のぼくが
もういいかい、と言って
ふり返ったら
つとむ君も、さっちゃんも

いつのまにか、いなくなっていた。
ひがいの及ばない、とおいところまで
逃げなくてはならないから。

おおじしん、おおつなみ
げんぱつのばくはつ、ほうしゃのう

消防団の、さっちゃんのお父さんは
ゆくえがまだわからない。

鬼のぼくは、途方にくれた。

遠い村まで

もしも戻れるのなら
いくつも山々を越えて
あの遠い川まで
わたしを連れていってください。
村を流れるひとすじの川。
とうに日が暮れるまで
なにを夢みていたのでしょう。
水のおもてには
暮らした歳月のうたかたが
まぼろしのように浮かんでは消えています。

懐かしい影を踏みながら
きょうは傍らに寝そべって遊びましょう。
鳥を追ったり、魚を掬ったりして。

もしも戻れるのなら
いくつも夕焼けを背負って
あの遠い海まで
わたしを連れていってください。
海へ流れる夕日から
思い出を残らず拾い集めましょう。
そして、花を供えましょう
顔は泥にまみれて
ぬけがらをいくら探しても
あなたはどこにもいません。

春になれば
れんぎょう、こぶし、もくれんのはな
母屋も土蔵も匂い立って
田には水を引きましょう。
もしも戻れるのなら
避難を強いられた
あの遠い村まで
わたしを連れていってください。

反辞

やがて、春になれば、あらゆる経験とあらゆる蓋然性とに照らして、それはあやまちだったとひとは語るだろう。

Ⅱ

干し柿

軒下で
わたしたちは吊されている。
皮をむかれて。
首のあたりをわら縄でくくりつけられて。

熱湯で消毒をして
硫黄《いおう》で燻蒸《くんじょう》されたあとは
日当たりのよいところで
山から吹き下ろす寒風に

身をさらし続けなければならない。
そして
耐えながら
こころもからだも。
徐々に水分を抜かれていくのだ。

水分が抜けると飴色に輝いて
甘みはいっそう増すのだが
そのかわり
皮肉なことに
放射性セシウムは凝縮して
汚染濃度はかえって高くなってしまう。

困ったものだ。

斧や鉈《なた》で、その枝を切り落としてみても
幹の粗皮《あらかわ》を薄く剝いでみても
洗浄できない異物が
悲鳴のようにからだに残っているうちは
日の目を見ることはない。

廃棄して土中深く埋めてしまうか
あるいは
土地の被曝線量が
自然に減衰するのを待つしかないのだ。

どこかに
この汚れを拭ってくれる
きれいな雨水はないものか。

吊されたわたしたちは
まるで、打ちのめされて
皮まですべて毟《むし》りとられて
喘《あえ》いでいるふるさとの謂い。

今日も、また
山の端《は》からこぼれ落ちた悲しみが
まっかに山野の田畑を染めている。

ふるさとを夕焼けで燃やしている美しい秋だ。

口に含んだ時の、とろっとした甘い舌触り。硫黄《いおう》で燻蒸《くんじょう》した柿は、「あんぽ柿」と呼ばれて福島の特産品になっている。この土地では東京電力福島第一原子力発電所の事故から二年余り、生産自粛を余儀なくされた。しかし、あきらめない。柿の木を除染し、柿の放射線量を抑える努力を続ける。全ての柿の木の粗皮《あらかわ》を剥離し樹体洗浄も行った。今では、自粛していた土地での加工と出荷が再開され、干し柿の生産量は震災前の水準に回復しつつあるという。

あの日は、柿だって、悲鳴をあげずにはいられなかったのだ。

ホタル

「ホハ火ナリ。タルハ垂也。*」

甘い水に誘われて
無数のホタルが、此岸から舞いあがった。

ほぅほぅ　ほたる　来い。
そっちの水は苦いぞ。
こっちの水は甘いぞ。

炉心で溶融した核燃料は
手つかずのまま

ヒイラギの枝に挿した鰯の頭のように
この地の棺に、深く突き刺さっている。
ホタルよ、おまえも甘い水が欲しいか。

あの日から十年。
ひとは、いまもまだ
苦い水の土地に足を浸して歩いている。
いちど汚れてしまったあしうらは
拭っても、もとには戻らないだろう。

どれほど、汚泥に踏み潰されても
高い放射線に打ちのめされても
腰をかがめて、てのひらに
ひとは、いのちの水を掬うだろう。

諦めと自問をくり返しながら
苦い水を口に含んで、乾いた喉に流し込むだろう。
誘う水は、甘いのか、苦いのか。

耳もとで囁く声が聞こえる。

　そっちの水は苦いぞ。
　こっちの水は甘いぞ。

いっそ、とりかえしのつかない過ちならば
全ての不幸をここに置き去りにすればよい。
苦い水に
眉をしかめてじっと耐え続けた十年も。
甘い水に誘われて

炉心に火が垂れた激しい痛苦の十年も。

反辞

東京電力福島第一原発で汚染土壌を保管していた金属容器「ノッテタンク」から高い放射性物質濃度の水が漏れた可能性がある問題で、東電は十九日、この水が下流にある廃棄物保管エリアの排水枡（ます）を経て構内の川に流れ出した可能性があると発表した。
（二〇二一年七月二十日付「福島民報」）

平手打ちをくらったような記事に、「またか」と溜息が漏れる。保管容器から漏れ出たストロンチウム90の放射線量は最大三億ベクレル余。その一部が、どうやら東電の福島第一原発構内を流れる陣場沢川に流れ込んだとみられている。この汚染水は、甘い水のなれの果てか。不都合な真実は隠されて「こっちの水は甘いぞ」と、闇の中から招く手がある。艶《なま》めいて誘う声がある。

＊貝原益軒『大和本草』より

漂うひと

ひとが背負わねばならなかった
ふるさとの汚辱。

ひとのあやまちの
苦くて重い、そのつみとがの痛み。

それを
決して許してはならぬ。
忘れてはならぬ。

藁のような土地を
鋤や鍬でひっかきながら
暮らしの吹き出し口に
ひとはいのちの種をまく。

ふるさとの息は
まだ寒さに凍えていて
震えるゆびさきに
息を吹きかけながら
ひとは霜やけの土や森にも
ことばの種をまく。

今も、耐えきれずに
どこかで

大地が
悲鳴をあげているのではないか。
背負っている石の重さに
寡黙な舌は顛末を語ろうとはしない。

いくら願っても
楽園にはもう戻れないのに。
蜜のあふれる約束の地など
はじめからどこにもなかったのに。

ひとは
叶わぬ願いにも耐え
肩にくい込む縄の痛みに
くちびるを噛む。

かけがえのないものが
ここでは
新月のように
闇に置き去りにされて
漂うひとは帰る場所すら探しあぐねている。

反辞

どうしてひとは
これほど危ういものを
抱え込まねばならなかったのか。

遠くから手を差し伸べてくれるひとのことばは
今でもまだ温かいか。

燃える火

あの日、ずぶ濡れの列車から降りたひとは
修羅となって、海沿いの小さな町に
火をつけた。

あやまちをあやまちと言わぬひとの舌は
乾いている。
罪や咎を強いることばに舌をうち鳴らして。

だから、その舌を切って火をつけると

瞬く間に
ぺらぺらと、町は燃えた。

海も、川も、泣きべそをかいて燃えた。

ひとの喉の奥では
あかあかと夕焼けが火傷のように燃えて
汚れた背中では、山が燃えた。

森や林のことばが、残らず燃え尽きても
小さな駅のプラットホームでは
ずぶ濡れの列車が到着するたびに
弔いの火が、篝火のように焚かれている。

読経の声に耳を澄ませて

駅前の道を海に向かって
嘆き、悲しむ、ひとの葬列が続いている。

鼓のような息を吐いて
むせび泣くひとは、奥歯を強く嚙みしめている。

憤怒をこらえ、修羅となって
ひとは、海沿いの町のいたるところに
火をつけて廻るだろう。

たとえ、町がことごとく火の海になっても
燃える火に囲まれて
泣きながらそこで死ぬまで暮らすだろう。

苦い地の塩を舐めて

もがくひとのことばは湿っている。

反辞

苦しいのです。
閉じられた二枚貝のように丸くなって
縮こまって
どこにも息が吐けないから。

朔太郎の、浄罪詩篇のように
　なみだたれ、／なみだをたれ、
きよめられたからだになれば
すきとおって

このむなしさに耐えられるかもしれない。
ここから抜け出せるかもしれない。

からだも、こころも、力も抜けてしまって。
身ぐるみ剝がされて、すべてを奪われて。
あの日から、ずっと。

みちゆき

地面を大きく蹴りあげた春に
少しも罪はないのだが
その日は
沈んだこころの
暗いそらに
目に見えぬ恐怖が
春のゆくてを阻んだ。

止められずに、暴走する火。

右往左往するひとの
こころの芯は
ぽきりと折れて
取り返しのつかないあやまちは
平和な春を
軒先に吊したまま
朽ちた廃墟の甍を
無残な夕日に晒している。

——こんな羽目になっちまって——

鍬を持つ父は、途方に暮れている。
汚れたあしうらで
ひとは

これから、どれほどの痛みに
堪えなければならないのか。

制御できぬ恐怖に
苦しみもがき
ひとは
泥をかき混ぜて
奪われたいのちを取り戻そうとしているが
いまも、ぱちぱちと音を立てて
燻りながら
とぼとぼと歩く。
花冷えの春のみちゆきである。

反辞

杖をつきながら、同行二人。

こころの笠には
「偽りの春を詠うな。美しいふるさとを詠うな。」
と、書かれていて。

十年

海に向かって
深々と頭をさげると
この世でいちばん憎かった海が
ひっそりと静まりかえって
ひたひたと足音が
さざ波のように遠ざかっていく。

ここはかつて
「警戒区域」だったところ。

瓦礫だらけの海辺も
倒壊した大通りの家なみも
まるで他人のように
すっかり居住まいを新たにして
すました顔をしている。

堤防が高くなって
砂浜の照り返しは弱くなった。

沖から、漁船が
死者たちのあしうらのような白さで
帰ってくるのが見える。
まだ漁師のこころは疼いているので
東風《こち》にうながされて

春はよそよそしい挨拶をかわしている。

読経の声が
うやうやしく耳に届くのは
ここがすでに彼岸から
遠く隔たったところだからだろう。

あれからずっと
臭いや色のない川が
市街地をゆったりと流れていて
両岸は、放射能の雨にけぶっている。

反辞

海に向かって掌を合わせているひとの背中には
淋しい、と
こころの文字が草書で書かれている。

山、笑う

逃げ遅れたひとは
泥水から逃れようとして、高みへと向かう。

からだからあふれ出た
はかりしれない不安や恐怖が
泡だち波打って
手足やからだをこわばらせてしまうが
スローモーションのように
いのちを駆けあがって

振り返ると
逆さまにひっくり返った海が
ひとの悲しみを
空に高く押しあげながら悲鳴をあげている。

その日の夜は
波に揺れていて
翌日になっても
こころの海は荒れ狂った。

暴走する科学には
近づくことも
手を触れることもできなかったから――

大きな余白を残したまま

春は一目散に走り去ってしまった。

被曝から逃れなければ
いのちは贖《あがな》えないから
南無阿弥陀仏《なむあみだぶ》、と
弱々しい声で手を合わせている。

放置されて荒れ果てたままの耕地や
なすすべもなく置き去りにされた家畜も
家屋も、工場も、港町も、商店街も
森も、林も、川も
低く垂れ込めた暗い空に
押し潰されようとしている。

ピーンと張り詰めた糸が

いまにも切れてしまいそうだ。
永遠はかろうじて鉤針のように
被災地の空に
まだ引っかかっているぞッ。

反辞

ツツッーと
春の山が
いま、笑ったようだ。

てのひら

たとえば、傷ついて
こころが石のように堅くなると
悔恨のことばさえも
ひとはからだから遠ざけてしまう。

受けとめるてのひらが
放射線の痛みに
こらえきれないからだろう。

気づかないうちにむしばまれて
わずかでも、それは
ひとを死に至らしめる厄災。
ひとが堅く閉じこめたはずの禁忌。

見えないから
ひたひたと追いかけてきて
ふり払おうとしても
からだにこびりついて
毫も落とすことができない。

だから
遠ざけて
誰も手を触れてはいけなかったのに。

罪の深いところに手がのびて
いつのまにか
甘い汁を引き寄せてしまう。
その悦楽を
ひとは手放せなくなってしまった。

ここには
悔恨のことばや
拒絶することばが
これほど溢れているのに
ひとの耳は
艶めかしい媚薬の虜になっている。

受けとめるてのひらに
春は

いつになったら芽吹くというのだろう。

反辞

高度な科学技術によって造られた頑丈な原子炉だから、と。
絶対に安全な防御の仕組みだから、と。
複雑な数式の背中に隠れて、悪だくみを働いた。

――原発のウソつき。――

挙げ句の果てに、針千本、呑まされた。

Ⅲ

被災地の春

手を伸ばしても
届かない春の背中に
冷たい雨が降りそそいだ。

汚れたあしうらを拭いたい。
汚れた背中もきれいに洗い流したい。

願っても
思いどおりにならないからだに

こころはいらだっている。

名前を呼ばれて立ちあがると
座り心地の悪い椅子が
たくさん並んでいて
戻ってくるひとは
窮屈そうに眉をひそめながら
黙って、そこに腰掛けるしかない。

空を見あげて
階段をいまにも駈け降りてくるはずの春を
あれからずっと
ひとは待ちつづけているのだ。
汚れた背中を丸めて。

息をじっと押し殺して。

だから
目を閉じて
大きく深呼吸をしよう。
冬も、必死に涙をこらえよ。

たとえば、小春日和が
そっとこちらに歩み寄る日。
たとえば、浜に東風《こち》が吹く日。

遠くから
新しい春は、やって来るのだろうか。

みえない罠やことばで封じ込められたまま
無数の放射性物質に包まれた
原子記号だらけの
被災地の春。

反辞

二〇一一年三月十八日・十九日の空間線量率
大熊町大字夫沢（西南西約三㎞）＊一一〇μシーベルト／時間
浪江町大字昼曽根（北西約二〇㎞）三一・五μシーベルト／時間
（二〇一一年四月二十二日付「福島民報新聞」より）

そこで
桃のように
薄ら笑いをうかべているのは、誰だ。

＊福島第一原発からの方角と距離を示している。

汚染水

福島第一原子力発電所の建屋の中に存在する汚染水は、一般の原子力発電所からの排水には
通常含まれない（例えば、セシウムやストロンチウムなどの）放射性物質が含まれています。
（経産省「ＡＬＰＳ処理水の取り扱いに関する質問と回答」より）

はじめから
その答えは決まっていて
引き返すつもりなど微塵もなかった。

国の規制基準を遵守する形で海洋放出が決定された水のことです。

いくつかの方途を示しても

それはかたちばかりで
選ぶ余地すら与えない。
海洋放出という結論がまずあっての話だから
いわずもがな。
どこまでいっても
辻褄合わせの堂々巡りにすぎなかった。

地下水や雨水が建屋の中でデブリの冷却水と混じりあって高濃度の放射性物質が
含まれている水のことです。

にもかかわらず
しっかりと検討をした上で、とか
理解してもらえるまで説明をしたい、とか。
うわべばかりの心配りまでみせて。
納得できる落としどころを探ろうにも

話をそらしたり、話題を変えたり。
ことばは、いつも背中合わせで。
挙げ句の果ては
はぐらかされて
ことばの上澄みをたっぷり飲まされる始末だ。

いま、敷地内のタンクに大量保管していて、ＡＬＰＳ（多核種除去設備）で浄化処理されて排出される水のことです。

除去できずに含まれる放射性物質の種類も
事故炉か通常炉かをも
問うことなく薄めて排出される。

トリチウム以外の放射性物質を規制基準以下まで浄化処理した水のことです。

欺瞞の上に胡坐をかいて
愚かに過ごしてきた歳月を、いま恥じているのに。

トリチウムは、水道水や食べ物、体の中にも存在していますから。

天に唾を吐きながら
ふんぞり返って、言うのだ。

規制基準を満たして処分すれば環境や人体への影響は考えられません。

本当にそうなのか。

大地に降りそそいだ放射線の
上澄みのようなことばは、美味しいか。

反辞

どこからきて
水はどこへ流れていくのか。

メルトダウンした福島第一原子力発電所の建屋に存在する汚染水のことです。

それをひとは処理水と呼ぶ

乳房のふくらみのような
小高い丘のあたりから
見わたすかぎり
ぎんいろのすすきの秋が
遠い日の記憶にまどろんでいる。

あの日
はだかの春に付着した放射線は
どれほど土地のからだを傷つけたのだろう。

黄葉した木々の乾いた唇から喉に
どれほど痛みは吸いとられたのだろう。

河口の首のあたり
鷺が嘴を川水に入れて
苦しみの深さを丹念に探っている。

見えない恐怖が
小魚のように泥に身をひそめていて
ぎんいろのうろこが
どこかで波にあやしく光ってはいないか。

危険という透明なラベルが
いたるところに貼られて
川の背中はいまでも

長いためいきを漏らしている。

遊水池をめぐる堤の草の上でも
砂利石を蹴って帰る小学生の通学路でも
「そこに近づいてはいけません」と
子どもたちは叱られている。

野の緑を遠ざけて
野のからだを洗う。

落ち葉に含まれる放射線量とか
きのこに含まれるベクレル数とか。
いくら洗っても
放射線が怖くて近づけなかった。

あれから
もう十一年。
今なお、なにも終わってはいない。

反辞

ＡＬＰＳ（多核種除去設備）を通過させれば、たとえメルトダウンした原子炉の無数の放射線核種に汚染された水であっても、それをひとは「処理水」と呼ぶ。「処理水」という文明に浄められた水に名を変えて、核燃料デブリに触れて汚染された水は海へと流される。母なる海を千年先まで汚し続けて。

苦しみの水があふれている

遠い朝の痛みをひき連れて
ここから河口まで、防潮堤沿いに
流されなかった泥水が堆積している。

嘘のように静まりかえった、水のおもて。
照り返すひかりがまぶしくて
かざす手に、浜の松林も消えてしまった。

あそこにもここにも、津波によって

柱が折れ、古い棟木が裂けている破屋。
台所のあたりから
水がいっきに走り抜けて
かろうじて屋根だけが残されている。

ここには、まだ苦しみの水があふれている。

傾いた玄関の前で
黙って立ち尽くしているひとは
頭髪や衣服の裾から雫が落ちて
上がり框の木目は冷たい。
泥だらけのアルバム写真を洗って
門口で、迎え火を焚いている。

ここから請戸川を遡った

阿武隈の山あいの集落も
墓は、まだ置き去りにされたままだ。

読経の声が
ススキのように風になびいている。

糸の切れた凧のように
突風に運ばれて、戻らない山河。
誰も、ここには戻って来ない。
消息も知れず、高い放射線ばかりが
裏山で竹林を震わせている。

どこからか
ひたひたと水が押し寄せてくる。
ここにいてはいけない、と誰かが叫んだ。

そのとき、ひとの耳が大きくひらいて
遠くで爆発音が聞こえた。

暮らしも位牌も、ここに残したままで
あれからひとはどこへ消えてしまったのだろう。

反辞

水ばかりではありません。黒いフレコンバックに詰められた、処分できない放射線の汚染土も、また。人目につかないように処分されています。癒えることのない苦しみの暗喩そのものでありながら。

耳もとでそっと

なにも知らないふりをして
ひとの悪だくみに
からだをすり寄せても
汚れた嘘は
すぐに化けの皮が剝がされる。

触れることも
近づくことすらもできない
汚れたからだのかさぶたが

やっと剝がれ始めて
踏み込めないところの
不透明な真実があらわになったと
今朝の新聞は伝えている。

とりかえしのつかない過ちに
正しく向き合おうともせず
巧みな話術で
話をそらしたり
事実をすり替えたりしていたら
とどのつまりは
歪曲して、ごまかし
解決を先送りするだけの話じゃないか。

ひどく汚れてしまって

もとどおりにならないほど壊れた山野を
ひとのせいにして
かえりみないならば
いくらでも汚すがよい。

丁寧な説明や言葉遣いの果てに
どれほどの重荷を背負わされるのか。
わたしたちはよく知っている。

新しい恐怖は
いつまでも消えないだろう。
このままでは
戻りたくても戻れないだろう。

誰でもよいから

耳もとでそっと本音を聞かせてくれないか。
別れの挨拶もかなわぬのに
さようなら。
トリチウムよ。
苦虫をかみつぶしたように
日本列島の恥部をさらけだして
おまえは海に放出されていくのか。

反辞

デブリか　大量の塊　福島第一1号機　原子炉の真下（「朝日新聞」見出し）

原子炉土台　半周損傷　第1原発1号機　東電、耐震性評価へ
（「福島民報新聞」見出し）

土台内側　半周が損傷　1号機内部調査　鉄筋むき出しに
（「福島民友新聞」見出し）

二〇二三年三月三十一日。今朝の新聞各紙は原発事故後に初めて行われた1号機の原子炉真下のロボット調査の結果をいっせいに発表した。メルトダウンした核燃料によって、原子炉を支える台座のコンクリートが溶けて鉄筋が剝き出しになった画像も公開して。ペデスタルという鉄筋コンクリート製の台座が激しく損傷していて深刻な状態だという。だが、この損傷が引き起こす危険性についての言及がほとんどないのはどうしてか。安全は担保されているとくり返すのか。化けの皮がすぐに剝がれるような見え透いた嘘に決して騙されてはならないぞッと、耳もとでそっと囁く声が聞こえる。

眠れぬ夜

決してあってはならないが
もしも、そういう時が来たなら
祈るために結んだ
てのひらの先から
あっという間に
日々の暮らしはこぼれてしまう。
そのことを、よく覚えておけ。

地震に、揺られ
津波に、逃げまどうひとに
被曝という
誰の目にも見えない
匂いもしない
新しい死の恐怖がおそってくる。

致死量を越えた放射線から
避難を急ぐからだを
どのようにして守ればよいのか。
触れてはいけないものから
無防備な手を
どれぐらい遠ざけなければならないのか。

土の中に、汚れた土を埋めて

半減期になるのをを待つ。
そのように、ひとは
こころのなかに
死の恐怖を閉じこめて
遠いところから
防御の手が差し出されるのを
じっと待つしかない……。

目の前にある新しい恐怖に
疑問符だらけの明日を背負って。
それから、ひとは
眠れぬ夜をどれほど過ごすのだろう。

反辞

軍事利用の原子力も、平和利用の原子力も共犯者で、どちらも等しく人を殺すということをわたしたちはまだ知りませんでした。

（スベトラーナ・アレクシェービッチの言葉）

恐怖について

それは
ここにもあそこにもひそんでいて
おびえているこころがあれば
有無を言わせず
からだを激しく叩いて
襲ってくる。

すると
鞭打たれたように

ひとりでに
からだは震えはじめて
どんなに悲鳴をあげても
必死に助けを求めても
こころはぎゅっと目を閉じてしまう。
敵に襲われた
ダンゴムシのように
丸めた表皮をこわばらせて
ありったけの苦しみを
我慢して呑み込んでしまう。

苦しみを吐き出させようとしても
こころは
激しい動悸に
ちぢこまって呻《うめ》いている。

もがいて
腹這いになって
地団駄を踏みながら
挙げ句の果ては
災いの前に跪《ひざまず》いてしまうのだ。

こうなるともはや
誰にも止められなくて
腹が灼《や》けるほど悔しくても
唇を嚙みしめるしかない。

忘れるな。
どんなに身がまえていても
それが襲ってきたら
すぐに狙われて

無防備なこころとからだは磔にされる。
そのからだの痛みがどれほどか
わかるか。

引き裂かれても
暴力にじっと耐えている
傷だらけのこころを
きみは想像できるか。

反辞

春よ。
くるしゅうない。
もっと、ちこうよれ。

春よ、来い

新年には
南の風に跨《また》がって
暖かいことばが春を運んでくる。
列島の頬にも
まぶしい朝のひかりが注ぐだろう。

でも、どこかに
寒さにかじかんでいる
手がある。

誰にも届けられない
ことばがある。
それは、今も故郷に戻れないひとの
涙をじっとこらえている
遠い春だ。

北国からの手紙が届く。
そこでは
今もまだ、春はうつむいたままで
ことばは凍てついている。
ことばは
いつも寒さに震えていて
しもやけだらけ。
泣きべそをかいて
沈む夕日の背中を必死に叩いている。

だから
新聞配達の少年が吐く白い息のような
走っていく清々しいあしうらのような
少しも汚れていない春を
あなたに届けたい。
早朝の門口で呼びかわす
新年の挨拶のように
言祝《ことほ》ぐ春を
大きな声で呼びながら
春よ、来い。
ここまで、やって来い、と。

新しい春は
寒さに縮こまっている新年を

懐に入れて
腕組みしながらまだ思案している。
あなたに
今年は
どんな春の知らせが届くのだろう。

反辞

小刻みに震えてやまない、みちのくの寒い入り江では、夕焼けをしずかに耕すひとの、汚れたあしうらを肩を落として歩いている春がいて、辛夷《こぶし》のつぼみの開花をうながしています。

齋藤貢（さいとう・みつぐ）

一九五四年、福島県生まれ。

詩集『魚の遡る日』（一九七八年、国文社）、『奇妙な容器』（一九八七年、詩学社）、『蜜月前後』（一九九九年）、『モルダウから山振《やまぶき》まで』（二〇〇五年）、『竜宮岬』（二〇一〇年）、『汝は、塵なれば』（二〇一三年）、『夕焼け売り』（二〇一八年、第37回現代詩人賞、以上思潮社）

遠《とお》い春《はる》

著者
齋藤《さいとう》　貢《みつぐ》
発行者
小田啓之
発行所
株式会社思潮社
〒一六二―〇八四二　東京都新宿区市谷砂土原町三―十五
電話〇三（五八〇五）七五〇一（営業）
〇三（三二六七）八一四一（編集）
印刷・製本所
創栄図書印刷株式会社
発行日
二〇二四年六月一日